기쁨이

슬픔을

안고

기쁨이

슬픔을

안고

—

문철승 시집

소미미디어
Somy Media

차례

1장 키 작은 나무 곁에서

2장 마음의 뜨락

1장

—

키 작은
나무 곁에서

강 건너자

두루두루 다녔지
이편에선
어찌할 바 몰라

기쁨의 강

저편

널브러진 꽃을 보며
예쁜 나비 너울대
살맛나는 곳

내어주고
잡아주고
서로
받아드리며 사는

그곳을 향해

밭으로 가자

내년에 씨 뿌릴 밭으로 가자

지난번 썩고 질은 낙엽도 뿌렸으니
말랐겠지

인생의 삽 들고 흙이랑 섞으러
그 터전으로 가자

때 묻은 장화이지만 가슴에 안고
땀내 나는 생의 코팅 장갑 끼고

같이 갈 일꾼 있다
밭
소득이 위안이다

내일 기쁠
그
밭으로 가자

님 오시는가

올 때 지났는데
중년 나무 기도는
하늘만

첫사랑
애절함 되어

목마른 계절
돋아난 삶의 새싹은
빛으로 푸르른데

님의 여인 되어
봄비와 오시려나

이 마음의 대지는
목 마른데

빛의 대지여
나를 잊으셨나

더불어 사는 것
어떠실지

봄의 선물

부슬부슬 비 온다
마음속 우산 들고
거리로 나선다

인고의 계절
내리는 봄비 젖어 우는 사랑
고운 옷 단장시키고

고인 물 쪼르르
파인 심장 골 따라 흐르면
아픔이
떨구어진 회한(回翰)의 고개 조금씩 들어
어수룩한 입가 미소가 깃들 때

자연이 주신 기다림
계절 지나 내리는
소생의 비애(悲哀)로
닫힌 마음 갈증 열린다

산속의 어머니

소나무
어머니
벌, 나비, 산새들과 함께 웃네

어머니 노래하네
산새들 따라 하고

청설모 장단 맞추면
행복 주는 태양 웃어

웃으시네
늙은 막내 장가들면
주렁주렁 잔치 열자고

그
산속의

봄이 오면

봄의 날개로
대지 흔들어
어머니 깨우고
그 젖가슴 위
웃는 꽃들 보아주는
아버지의 얼굴 보리라

마음의 화려한 옷 입고
푸르른 초원 곱게 단장시켜
겨우내 잠자던 아이 깨워
두 손 붙잡고 아장아장 걷다
따스한 햇볕에 아이 맡기고

혼자 산, 들 거닐며
친구 손 잡고
온기 나누고 싶어라

봄 오면
냉가슴 녹이며 보아 둔
꽃 한 송이

설움 우는 아가씨에게
보이고 싶어라

산정호수 소리

외로워 떠나던 구름 나그네
그리운 집 그리워
비 내렸다네

선녀의 치마 포기로 흘러 모인 물줄기
산 위 호수 되었는데

반기는 듯
귓가에 잔잔히 B단조 음악 물결 소리에
졸참나무
발레를 하며
둘레길 하객들을 맞아 준다

발길 주춤거리면
바람 날 휘감아
물결 일으키고

모처럼 만에 온
소풍의 마음 따라

산정호수
내 마음 안아 주네

야생화

거칠어서
질긴 꽃송이

목마름
외로움도
웃어 내는
광야에 핀 이름

지나는 사람
무심함도
자책하지 않는

고독의 시에 심겨 있는
그런 야생화

옆 사람

뉘시었나
내음
나도 모르게 손잡네

이 향기는 무르익어
한 번 더 잡아보세

어느 숲
길 지나왔는가?

바라건대
오래 있으오
삶의 향기 그윽하여
벌, 나비 오겠소

하늘은 어둡고

하늘은 왜 어두운지
구름만 가득하네

인생이 왜 어둠인지
괴로움만 묻어나네

삶 속 인생
사뭇 하늘이 걱정이네

누군가 보시겠지

자유롭게 나는 한 마리 새
봄비 맞아 웃음 짓는
들꽃 한 송이를

그대의 흔적

오가는 사념들이
끈적거림으로 소생된다

부질없이 미소 지으며
노래하고 가는
까치 꼬리 소리

무거운 여름날 구름 되어 웃는
하늘엔
너 없는 작은 미소로 가득하고

부딪히는 순간마다 감싸는 바람은
아쉬워
어디론가 간다

말없이 흐르는
하늘 밑에서

님 앞에서

부는 바람
그 바람이다
길에서

앙증맞은 개나리
깊은 산 졸졸
포근한 꿈 소리
빛 움트는 나뭇잎 연녹색 사랑

오시어
되시었네
높이 비취시어 이루셨네

뜻 따라 걸으며
임께서
고개 숙인 채 오시네

사랑 앞에서

민들레의 섬

그리운 섬이여
사랑의 민들레여
내 이름 되어 피워 주오

바람 불면 가리이다
그리운 그곳
마음의 소식 되어
전에 몰랐던 그리운 사랑 들고

민들레여
넉넉한 그리움의 꽃이여!

영원한 꽃 되어 주오
만남의 섬에서

가리니
사랑 되어

꿈의 고향으로

바닷가의 삶

조촐한 난간에 앉아
고양이 밥 먹고
두두룩한 품속 강아지 재롱에
파도 소리 인다

외롭고 그립기에 크게 품은 어머니
바다
딸자식 안고
그리움 젖어

외롭게 비워진 술잔에
달콤한 포말 터지고

속삭이며 지나는 뭇 바닷바람
고개 숙이면

보듯이
엄마
그리움 다가온다

밤의 풀벌레

골목의 적막한 바람 소리
솔솔한 복음되어 퍼지면

잠 못 이루는 사람들 귓가에도 들려
새벽과 창조하는 풀벌레

공존의 세상 간절함 담은 기도
빈 마음들 적시고

공허 채우는 찬양 소리
자연생명들 슬픈 기도가
조용한
이 세계
기쁨 드리는 합창 이룬다

누군가
고개 들어 하늘 봅니다

블루베리 열매 되어

나무의
감사함으로 열매 맺혔습니다

기도는
햇살을 낳았고 비 되었습니다

6월의 따스한 햇볕
검붉게 무르익어
사랑의 잔잔한 흐름소리
귓가 스칠 때

블루베리 검은 눈동자는
새 씨앗의 소망 봅니다

숙연한 주인은

희생된 잔치의
열매 됩니다

우산

짐 내린다
한 폭 넓이로
투둑 투닥투닥
하늘비 내린다

우산 십자가
어설픈
한 폭 짐 짊어지고

이 비 맞으며
우산 옆 우산
나란히 나란히

길어도 한 폭
뒤섞이어 간다

투닥투닥 투둑투둑
비 그칠 때까지

잡초

정교히 다듬어진 보도블록 사이로
서너 포기 잡초가 세상을 본다

내어 주시는 님으로
비춰시는 사랑
잡초 되어 말한다

듣고 있는 세상은
아침부터 저녁까지
묵묵한데

올해
크리스마스트리는
옆집 아저씨께서 주신
늘 푸른나무로 해야지

감사합니다

키 작은 나무 곁에서

그늘에 쉬고 싶어 왔는데
나이 들어 큰 나무인 알았는데
잘생겼다 소문나 보니
무뚝뚝 키 작아 그늘 없네

뙤약볕 여름 아래 그늘인 줄
비바람 피할 수 있는 쉼터인 줄
죽음의 눈보라 안식의 숲인 줄 알았는데

나이 들어 늙어빠진
엉거주춤 자태 고수라한
값비싼 나무로구나

아
목마른 가뭄 너의 곁 지나다가
메마른 하늘만 보고 가는구나!

장미의 얼굴

빼어난
장미 얼굴

오욕의 오월 화신
쓰다듬고 쓰다듬어
붉게 익었구나

장마에 젖은 장미
연일 촉촉해지고

홀연히 다가서는 거센 바람에
꽃잎 하나가 식으며
땅에 뒹굴면
눈물이

아
오월이면 붉은 새살
달구어진 얼굴들
곱기도 하여라

주인 없는
이 가슴이 타는구나!

낙엽

텅 빈 늦가을 속사랑
실어
바람에 전합니다

영원한 사랑 시를 적어
뒤적이고
한 음절 노래로 바람 속에 보냅니다

햇빛 받아 빛나는 계절
그대 가을에서 깔깔거리면

겨울 오기 전
허름한 그대 빈 집으로
띄울겁니다

낙엽을 쓸며

지루한 여름 익었던 사랑이
나그네 되어 흐릅니다

아쉬운 듯
좁은 골목 돌며
생의 마지막 구경하고

이집 저집
커다란 대문 서성이며
인사한 후

쓸쓸히 부는 바람과
영원한 친구 되어 갑니다

바람은 음악과 함께

가을의 끝자락

클래식 음악 어디선가 흘러
내 하루 복도에 머문다
바이올린, 첼로 소리 같이 머물고

생활의 벽에 기댄 나
삶의 가사 붙이면 비올라 합연
창가로
코스모스 춤춘다

누구의 작곡일까?
발길
머문다

창밖 바람은
음악 숨소리와 삶을 호흡하며
그리움의 품으로 간다

코스모스 향기 피어오른다

짝사랑

아련함
피워 보지 못한 꽃

내 마음 피었을까
가을밤 코스모스 피었는가

남 볼까 숨어 핀 꽃
소녀 보았을까

귀여운 모습
아침 태양이 설레였고
보름달 향기로웠네

지금도
밤에 피는
코스모스 거리는
나와
거닐고 있는가

고드름

처마 밑 사연이 녹아내린다
얼었던 겨울
서서히 흘러
눈물 내린다

움츠리어
매달렸던 몸
따스히 사랑받아
꼼지락대면

아궁이 군불 태던 산골 처녀
홍조 빛 얼굴 되어
한참
본다

군고구마

서울 도심가
군고구마
11월 향기 멈추게 한다

추억 속 동네 아이들 모여
군고구마 잔치

검댕이 입술
서로 마주 보며 웃음 탄다

군고구마
옛 추억 풀어놓고

45년 돌고 돌아
할머니 얼굴 되어
마음 즐겁다

군침 가득히

상상의 겨울바다

사랑의 그리움 감싸 주는 그대와
겨울바다 같이한다

뽀얀 눈 내려 그대 볼 스치면
예쁜 복사꽃 보조개에 눈 녹고

훈훈한 해풍 불어와 그대 머릿결 빗고
빈 내 마음 휘감는다

그리워진 그대였기에
눈 감고 흐트러진 상상의 겨울바다
주인 되어 나누면

어디선가 들려오는 감성의 음악 소리
귓가에 젖어
빈 가슴 적신다

바람 소리
창문 흔들어 눈 뜨면
하얀

눈까지 오신다

임진강의 크리스마스

임진강에 임 온다
오욕의 계절 씻어 주는 겨울비
삽 들고 인생 밭고랑 다듬는다

몸 움츠러들고

나의 계절은
나른한 몸부림

밭고랑 고였던 물 겨울 속으로 스며들고
칙칙했던 몸 태양에 그을리며
따사로운 행복 웃는다

오늘은
눈 오는 임진강
3·8선 사슴은 어떨는지

2장

—

마음의
뜨락

가다 보면

가다 보면 보이겠지
들리는
마음으로

갸웃거리며 걷다
두 길이
길로

영상 속 빚어지는 이야기
추억으로 피고

때 이르면
그것
운명의 꽃

어리석은 시절 지나 걷다 보면
웃음 되겠지

마음의 뜨락

냄새나는 이부자리
날 깨워
싱그런 새벽으로 부른다

고장난 삶의 의자에 앉아 마시는
한 모금 커피향 사이로
조촐한 시어 자잘댄다

가야 되는 하루
안식의 마음 뜨락엔
새 꽃이 피는데

삶의 가장자리에 앉은
주인의 뜨락엔
담배 연기만 연신 가득해지고

뿜어 대는 한숨소리에
새벽이
차가워진다

숲길을 걸으며

그대는 첫사랑

생뚱맞게 생겼기에
상큼 안아 보았죠

온몸이 따뜻해지는
온화한 숨결
애인 되어 호흡하고

끝없이 같이하고픈
애끓는 마음
정녕 그리움 될지라도

허락한 시간만 체험하는
첫 번째
나의 사랑이었습니다

엄마의 꽃

엄마가 피었어라
영원한 향기
사랑의 밭에 심었더라

떨어지지 않는 꽃
어둠 속에 피는

모양은 없어도
사랑 무덤가에 피는

보고플 때 볼 수 있는
밤하늘 별들과 꿈을 꾸는
아름다운 꽃이었어라

기차와 가로수

기차는 빠르게 표정 없는 가로수를 지난다
짓누르는 몸짓은 가로수 흔들어 놓고
그랬듯이
얄밉게 달아난다

갑자기 스친 바람이었나
또다시 홀로 된 나무
마음 추슬러 그리움 속 빛의 꿈을 꾼다

스쳤던 인연
산뜻했던 그 순간 되뇌인다

아
아쉬움이여
그리움이여

낙조

고요의 산 넘어
님 가네
무지개 안고

험난한 물
건너가네
내일로

세상 외로움 같이 놀다가
그리운 님 두고 가네

아쉬운 벗
손 흔들어 주며
뭉클한 가슴 식힌다네

야속한 하루
어둠 남기며
길 떠나네

늘 푸른 나무

희미한 유리창 밖
늘 푸른 나무
나를 본다

산책 후에도
그 미소
주어진 삶
언제나 그 자리

늘 푸른 옷 입고

감사하는 것 아닌
하늘 햇살 받아
지키는 자아

그 속에서
지워지지 않을 나를 찾아
담겨진다

채운다

바람의 산

까칠까칠 거북살스러운 산
총총 기운으로 방랑하는 바람

성가신 듯
요리조리 불쑥불쑥

텀벙텀벙
알쏭달쏭
아찔아찔 풍기고

흐느적흐느적
서먹서먹해진 산

어눅어눅
긴가민가 머뭇머뭇한다

아물아물한 후
정신 가다듬는다

바람이 가는 곳

보라색 꽃 날개를 풀고
한 알의 씨앗 움켜쥐고
바람은 가는가

척박한 땅에서 억세게 자란
고된 향기 풀으며
사랑의 빈 곳 찾아
바람은 불고 있나?

미소 짓는 대지 위
꿀이 흐르는 심장
사랑 물줄기 흐르는
그리움의 그곳

찾는 길
불어오는 그 밤 향기를
안고 가네

벽화

벽화 그려진 담 그리고 집
만질 수 없는 죽은 나무와 산

그림 안 집 사람들
표정 없는 웃음
무지개도 있다

앞 텃밭엔
맛있는 고추 자라고
화분엔 숨 쉬는 고무나무
손을 닮은 단풍 푸르러져 있다

가을엔
고추 빨개지고
고무나무 살이 찌고
단풍나무 손짓하겠지

누가 그렸는지
벽화는
숨 쉬지 않는다

밤바다

비런의 바닷가
눈 내린다

좌르르

엄마 잃은 아이처럼
외로워 운다
울적한 파도
서러운 어둠 속

차가워진
가슴앓이한다

좌르르

춥다

여인숙 좁다란 창문 안으로
성큼성큼
포근한 달님

식은 마음의 내 이부자리 비추어 준다

산책길

가둬 두고 간다
따복따복 시름 놓고 간다
한 걸음걸음마다 짐 놓고 간다

눈으로
새로이 움직인다

숨가뿐 이야기
새 삶으로 태어난다

피어나는 호흡
풀밭

가다 본다
안겨 준다

섬 중의 섬이로다

여인
섬 중 섬이로다

산 보는 섬이기보다는
섬 안 산 품은 섬

바다가 정착하여 누울지라도
겸손히 이루어 나가는 왕국
그대로부터 아침을

원초적 사랑이
같이하는

품은 산 기르는 산 엄마

여인이여
하늘 밑에
섬 중 섬이로다

섬과 바다

고독한 밤바다 괴로운 소리
살금살금 외로운 섬 간지럽히고
어두운 해변 쓰다듬는다

숨죽이던 섬 뒤적거리더니
검은 파도 손길 받아 준다.

찾는 이 없는 외로운 등대
불빛 은은하게
은은하게

이른 새벽 삐쭉거리며
시원한 바람과 함께
태양
얼굴 일그러트리고 떠올라
날름날름
섬 먹는다

어둠 속의 빛

매달려 있으나
살아 있는

볼 수 없으나
찾을 수 있는

삶을 치유해 가는
갈망의 힘

어둠 속에서
빛을 보듬고 가는
끝없는 여정과
부딪힘

어디쯤 있는가

어디쯤 있나
푸른 빛 깨치고 별처럼
긴 여정

텅 빈
내 마음의 빈자리에 누운
별빛 주워 담아
광활한 길
혹 거기에

찾아보면
외로운 별 하나
가던 길 멈추어 서 있다

그대여
무얼 찾고 있나
검은 유리창에 드리워진
너의 사랑인가

일출

덩실
넘실 치마 위로 내 심장이 뜬다
언젠가 첫사랑 심장에 오르듯
태양이 세상을 적신다

불꽃
퍼져 흐르고
첫 만남 마지막 사랑인 것처럼
하늘이 데워진다

기다린 생명들
기웃거리고
골목이 귀를 연다

소망이
삶의 밑거름 되어 가슴에 젖어 들어
오르되
오르신다

저녁이 되면

어두워지면 찾아와
마음의 빈 침실로 손 내미는
정겨운 친구의 발길 생글생글

하루 적적함에 겸손히 찾아오는
고운 임들 생각에
삶에 겉옷 벗고
사랑 담아 싱글벙글

내 안에 누우실 그리움, 미소
행복의 빈 그릇 되어
발걸음 재촉하여 덩실덩실

나 찾게 해주고
모든 것 사뭇 곰살갑게
돌이키는 감사에
욕심 비운다

조경

천사들
나무에 내려와 쉴 때
미가엘 천사장
가위 든다

남자 어깨너비
넉넉한 품
고운 옷고름

얼마 후
하늘의 새들
새 옷 물고 내려와
입히면

손님들
신랑 구경한다.

동네
잔칫날이다

3장

—

마음속의

집

마음의 교향곡

부드러운 바람 오선을 그리고
소르르 삶의 소리
노래 된다

수줍은 빛의 얼굴
아침
마음 따라 흘러
실리고

이웃집 정원
나무 이파리에
실바람 연주되면

입가엔 행복 소리

덩달아 밀려오는 구름
앙코르 해 준다

마음의 벽

벽돌 한 장 또 한 장
올려진다

가로 쌓기 세로 쌓기
요 모양 저 모양
마음 울타리 되어
1층 2층
또 3층 올라간다

좁은 문 몇 개
문고리 안쪽
거기서
쓸쓸한 달랑거림

강아지, 하늘의 새
구름, 달과 별은
점점
외로워진다

마음의 창문

마음 불현듯 내밀어
열 수 있기를

닫힌 문
누구 때문 아니기에
수화라도 하고 싶네

나뭇잎은 태양으로 키스하고
구름 바람에 녹아내리고

겉옷 벗으면
씁쓸함은 없을 거라고
이제야
거친 숨 몰아쉬네

기쁨이 행복 되어
어디서 오냐고

닫힌
내 창문 여네

그대의 강물

어디서 흐르는지

빛으로 흘러
지혜의 강이 되고

보고픈 그대따라
내 가슴의 기슭으로 와 닿네

오늘
사랑따라
어디로 가나

서성이는 삶의 발걸음은
무겁기만 한데

하염없이 흐르는
그대 생명의 강은
유유히 내 발을 적시네

막내

엄마 찾아
시린 창가 달 보며
아빠 손 잡고
길 쳐다보네

꾸벅꾸벅 달이 졸면
구름 가려 어두워진 창가

기다리는 막내 생각
어둔 길 오실 엄마

초조한 아빠 손
힘을 주니

아기만 우네

아름다워라 아이들아

아이들아
어여쁜 아이들아
고운 마음 씨 뿌리는
아름다움

지나는 슬픈 마음
뒤돌아보는
화사한 눈웃음으로

재미있는 세상만 보지 말고
웃기보다
울어 주는 그런 마음

어서
아름다워라 아이들아
천진스런 표정으로

그래서 아름다워라

소리가 있어

흙으로 빚어낸 소리
실바람 타고
오선에 실리어 귓가에 사무친다

사랑이
흘러간 세월 인연 되어
아픈 마음 빚어 꿰매고

먼길 돌아

촉촉이 비에 젖은
내 뻐꾸기 울음 들려오면
다가오는
하늘소리도 있어

생의 빗장을 비집고 와
같이 나누면

점심 마치고 마시는 커피가
달달합니다

정담

오순도순
수고함 늘어놓고
알록달록 정성 담는다

만남의 기다린 생각들
손으로 떼어
삶의 접시에 담는다

사랑, 미움, 용서
희망, 절망, 나눔

너그러이 가득해진
삶의 접시에
주고받은 미소가 풍요롭다

죽은 아이의 눈물

슬프오
피지 못하고 지는 꽃
바라보는 내 마음이 눈물 흘리오

이해해 주오
모두 가는 길

용서하세요
내 마음도

활짝 핀 그대 모습
원했다는 것을 알아주오

같이 흘려요
눈물
그 눈물은
우리와의 영원한 삶입니다

거울

난 누구인가
말해 주세요

그대 안의 나
아직 모르시나요

없을 때 느끼고
있을 때
찾지 못하는 당신인가요

내가 그대 되고
그대 내가 되는
존재이고 싶어요

사랑하므로

걸어온 길에서

덩실덩실 춤추었네
찌그러진 인생살이 널따랗게 보였네

긴가민가 생각해 보니
가슴만 술렁거렸을 뿐

그대와 덩달아 춘 꿈
걸음걸음 옹색했네

이젠
내가 되어
가는 길

오늘 입가엔
텅 비어 있는 작달막한 미소만이

꿈의 동산

피었으리
꿈속에서

어릴 적 잡힐 듯한
매일 달렸던 곳

하늘 맞닿는
가면 달아나고
잡으면 멀리 있는
아직
중년의 꿈

무지개 타고
꿈길 속 걷다가

드러누운
동산

무지개 동산

결혼

마주 보리
한 사람의 두 영혼이

예쁜 꽃 한 송이
동행자 보며
미소 지으리

두 개의 촛불 축복의 빛 되어 시선 모으고
기억 저편 넘어
졸졸 졸졸 끊임없이 흐르는 4중창 물결
잔잔히
귀빈들 귓가에 들리리

찰나의 스쳐 지나는 모든 것
산다는 것이라
서로 고개 숙이고

영원한 사랑 약속 키스에
꽃가루 축복 하늘서 내리면
찬사와 함께

축복의 잔치 넘실대리

시작과 끝이 영원한 곳에서

돈과 인생

만 원 들고 시장 간다
배추 한 포기 삼천 원
쪽파 이천 원
당근 천 원으로 얼갈이 담았다

인생 들고 시장 간다
사랑 삼천 원
우정 이천 원
희망 천 원 얼간이 남았다

얼갈이는 누군가 양념했는데
난

나는 얼갈이

남은 돈은 어디에 쓰지

마음속의 집

당신 위하는 것이
나의 것이기를
우린 서로 원하지

먼 눈길 속에서
말 없는 인연의 바람 소리
듣길 바라지

그냥 스쳐 지나는 소식 아닌
너와 나의 구름 이루어 비 뿌리는 사연
아련히 너울대는 짐

만들어지는
혼돈의 그리움
그 속에 살 수 있겠지

모든 외로움을 위하여

산도 옷을 입었고
섬도 옷을 입었다
가냘픈 물은 구름으로 와 산을 흘러 고향으로 간다

친구도 옷 입었고
사랑도 옷 입었다

덧없는 인생은 외로움 입고 어디로 가는가

빨래를 널고

해묵은 빨래 널고
가물가물
묵은 빨래들
기억의 빨랫줄 곁에
서성거리고

너른 한 떨기 웃음으로
자신이고파
마음속에 앉았네
능청스레

같이하고파
커피 한 잔 곁들이고

여보게나
새 옷은 아니지만
마르면 입고 자게나

나와 같이

세상은 말한다

세상은 말한다
어린아이 아니라고

난
악마일 수 있다
나와의 싸움

말하지
넌 나의 것
안에 있으니

우린 싸우며 간다
나와

싸우다 아파하며
말짱히
서로 본다

승리의 노래

길로 가오
새 길
지혜의 자리에서 노래하리

샘터에서 흘러나와
은혜의 바다에서 찬양하리

들리는 마음 벗 삼아 두루 살피다가

믿음 되어 주는 자국
같이 노래하고파

바람 소리에 귀 기울여
한참을 걷다

하늘을 보며

승리의 노래를

어둠 속 발자국 소리

어눅어눅 흔들어 놓은
술 취한 발자국 소리

하룻밤 술에 젖은 졸음 우는

흐느적거리는 골목
봉고차 속
젖은 아가씨 졸고

어둠이 벗이라는 것 아닌
삶의 그리움으로 목마른 이 밤은
조용히 흔들리고

그 속에서
설움의 동맥은 새록새록 일어난다

삶의 노래는 새벽으로 가고
빨간 피의 태양이 솟아오른다

인생의 산

어디로 가고 있는가

기웃거리며 오다 보니
희슥해진 머릿결
소리 없는 어둠

짐
길
먼 길 왔는데

끝없이 가야 하나
쉴 곳 없고
목이나 축이고 싶은데

마냥 간다고 행복인가
세상 구경 삼아 사랑의 산이라도 오르고 싶은데

아
사랑은 보이지 않고
인생의 산만 보이더라

얼굴

생긴 건가?
안 생긴 건가
아직도
장가 못 가고

갈망하는 몸짓
펄럭이는 깃발
삶이 내재한
내일

시간이 만들어 준 상징
오늘
내가 웃는 시련

웃는다
나를 찾는다

여명

자연스레 울었다
눈이 부석부석
행복한 울음

태양이 솟아오르는 소리에
순간의 반짝임도 있었다

푸르스름히 물든
하늘의 볼
입가에 정겨운 미소 번져
새들도 매달리는 살맛 나는 소리

눈동자 생글거려
울음 멈추고

삶에서 잠든
나를 깨운다

인생 다지기

돌
부서지고 부서지어
기초 되고

모래
구르고 굴러
다져진다

인생 속 시멘트
책 되어
눈앞에 있고

하늘 물과 섞이어
반석 된다

인생 밥상

쌀로
사랑법 짓고
오징어, 무로
미래 찌게 끓이니
세상살이 밑반찬
새롭다

밥 40분 동안 지어
보온으로 오래 하고
오징어 구수한 분위기
무 시원한 웃음소리

예쁘고 고운 세상살이 식탁에
하나씩 오르고 오른다

혼자 먹노라면
뜻밖의 새들이
나뭇가지 위 옹기종기 모여 앉아
군침 흘린다

적 아닌 적

살아가다
만난 사람
좋아해서
적 된 사람

죽어가다
사랑한 사람
미워서
적 된 사람

하늘과 사람

바람 불고 구름 울어
비 오나니

그 비 맞아 사람 울어
눈물 흘리네

세월 흐르고 나이 들어
하늘 보아도

보이는 건
죽은 자들의 하얀 국화 송이

손주 녀석
할무니 사진 보고

왜?
사진이 할무니 뿐이네!

헤어짐

어디 두고 가시나
그대 빈 자리
남겨진 사연들 서먹한데
같이했던 짧은 하루들

허락하신다면
내 마음 빈자리 앉아서
두고두고 멈칫거려도 돼요

가십니까
가시다가 두고 가지 마세요
준 것 없어도
주고픈 것 많았습니다

그대 짐 속 든 이야기
생각나신다면
거기 가시어
풀어 보세요

4장

—

산책길

구속

땅, 뱀
새 물다

사람들은 새의 날개다
행복한 구속이라 한다

바다가 빛을 문다
사랑이 하늘을 문다

그루터기

무거운 희생
그 빈 자리
오늘은
내가 앉았네

초연의 십자가
평온한 자리
주인 되어

아무 말 없이
가슴에 묻어 둔 채
남겨진 그루터기

찾아온 손님
그릇 되어
끝없이 이어지는
사랑 되었네

구원

눈 오는 골목 구깃구깃 쓸면
골목에 내가 작달막하게 살아 있는
나의 구원입니다

걷지 못한 자 흐뭇 다리가 되면
걷는 자 둘이 되는
두 행복입니다

손도
다리도 둘인 이유는
하나는 나를
하나는 오밀조밀 나누어주는

혼자라는 이유로만 살 수 없는 것은
나의 일부를 주므로
내 기쁨 소생시키는

사랑은
나의 건짐이요
부활입니다

기도

꽃을 그리니
당신은
보았고

꽃을 그리니
내 마음엔
피었습니다

기쁨이 슬픔을 안고

삶이 자란다
어디선가 부르는 슬픈 소리 있어
무심결에 듣게 되는데

슬픔의 한 자리에서
기쁨 흔들리고
인생구름 저 높이
하늘 본다

삶이 자라다 보니
기쁜 가지엔 열매 익어
햇살 더욱 비추고

기쁨의 나무 고개 숙이면
슬픔도
따라 웃는다

인생의 먹구름 뚫고
햇살 쏟아질 때
기쁨이 슬픔을 안고

하늘의 멜로디와
같이 춤춘다

끝없는 길

독수리
하늘의 길은 어디
굶주린 소망 날갯짓들

한 송이 꽃 이름
높은 하늘에 걸리고

감미로운 바람
날개 펴고 가는
골고다 언덕
한 그루 둥지 삼아 십자가 적시고

긴 세월 지난 지금 오시어
길 여시네

땅이 폐역(肺疫)할 때
새 삶 몰고 오실
님

서러운 나의 동반자

눈물이
하늘만 적시네

나무의 향기

님 되어 오시는
그리움의 샘터

삶의 꽃
간직해야 할
끝없는 갈망

첫사랑

이 밤
풀벌레 소리와
간드러지는 내음

마음의 평상에 모시고

신부 되어
곱게 단장하리니

두 가슴 부서지도록
꼬옥

안고 가리다

낙원의 밤

먹은 건 채워지지 않으리
사는 것 먼지처럼 흩날리고
나의 낙원에서
그리움에 젖은 삶이여

짐 지고 가는
길
죽음도 불사르는
웃으며 가는 하루

희망의 에덴은 죽었고
생명의 그리움은
나그네 된지 오래

아
새것은 없네
그리운 내 천국은 울어

이 밤
그리움에 젖은 사람들

쓸쓸히 돌아서네

망치 소리

들국화 들었으리
광야의 소리

망치로
새 에덴은 꿈꾸었고
피 향기로 가득했네

오늘 귓가에 서성이는
집수리 망치 소리는
고침의 소리

흐르는 바람 속에 간직하고파
꺾은 들국화엔 풀벌레도 있어
참 빛을 찾게 하는데

골목 한 모퉁이에
예쁜 한 마리 새는
아픈 형제의 마음을 일으켜 준다

문둥이 천국

육체 보이는 저 멀리까지
썩은 내음 속 향기 묻어난다

보고파 그리움에 젖은
섬 노래여

넋일랑은 바다 건너
내 몸뚱이는 어디 있나

같이 새우는 이 밤
저 달에
나
풀어놓아

가고파 하지 않아도
보고파 오는
천국의 님이여

밤의 풀벌레

골목의 적막한 바람 소리
솔솔한 복음 되어 퍼지면

잠 못 이루는 사람들 귓가에도 들려
새벽과 창조하는 풀벌레

공존의 세상 간절함 담은 기도
빈 마음들 적시고

공허 채우는 찬양 소리
자연생명들 슬픈 기도가
조용한 이 세계
기쁨 드리는 합창 이룬다

누군가
고개 들어 하늘 봅니다

삽 한 자루

삽 한 자루로 집 짓고
마음 고향 둘러앉아
하룻밤 같이하려네

삽 한 자루로
생의 들판을 갈아 곡식 거두어
만찬 청하려네

살아도 살아 있는 것 아닌
죽어서 피어나는 소생의 싹들
보이는 모든 것들

보이는 세상 아니요
보이지 않는 무게로
드넓은 세상에서

아버지와 함께
서려네

수족관

물고기
첼로 소리 들어 보렴
지느러미 꿈틀거리며
주께 찬양

넌 물의 창조자
너로 인해 의미 찾는
물의 생명은 기뻐

너의 춤사위
행복의 물결이
수족관 안에 조용히 인다

살아 숨 쉬는 세상이
주를 찾아
끝없이 간다

금붕어

자연이 착각 속 시를 쓰면
시인
망상에 시달리고
연필 되어 주면
시가 된다

내 옆 어항 속 금붕어
손 되어
그립다 쓴다

거울 속에 어항 그려 놓고

말한다
난
시인이라고

소명에 나누는 하늘

빛으로
걸음걸음 놓인
인생 곁에서
기도는
운명을 받아들였고

존재하심으로
나누었던
기약은
내 심장을 가로질렀네

이제 끝없이 파고드는
소명의 소리에
발길은 옮겨지고

흘려보내지 못할 시대 위에
남겨진 뜻은
심장을 울리고도 남아
하늘과 한숨 짓는다

높이 손 들고 가리니
들리는 저 하늘과

숨은 하늘이시여
보고 있으신가
들리시는가

아버지

아버지
빛의 그리움으로 오시어 전하시고
흘리시는 눈물

증거 일으키시는 그리운 삶
적시고자

이 어둠 이끄시네

빛으로 말하시며
두 팔 벌리시고

존재하심과 위엄으로
저희와 같이
영위(營爲)하시네

용서하소서
연필을 들겠나이다

존재

기다림 아니예요
아버지 존재 속에
하루 간다오

들리어 그리움 외치는
필연의 울림

길 위에 얹히신
존재하심
아직 아쉬움 남아

숨 쉬는 순간마다 심장이
느끼며 가야 하는
길

존재하심만으로도
행복으로의 길

육의 주인

우리의 주인
생명 하나됨으로
밭에 물을 놓아 생을 만들고
보시는 소명이 이루어지길
또한 바라시네

서로의 아름다움 뿌리고
감격으로 기쁨 안아 만족됨이
우리를 이루어

죽은 허물이 증거가 아닌
산 사랑이 같이함으로
아버지 새 뜻이
땅에 임재하심을 원하시니

허물을 먹고사는 이들의 부끄러움
그대 마지막 날까지
일이 되어 일깨워 주는
하루하루가 충만해지길 기도하리니

눈물로 느껴야 되는 세상
죽어가는 세상에서

진실된 신앙

차가운 바람으로 구름 차갑다
생명의 빛도 길을 잃어 갈 곳 모르고
찾지 못했던 존재 슬픈 바람 불 땐
울음 운다

세월, 외로움도 비를 먹고
필연의 시대인 줄 외치는 울림

살아있기에

깨닫게 해주기 위한 것보다
알리기 위하여
죽은 것도 사는 것도 의미 없어
섬기는 어느 공간

그 속에서 기쁨, 영광도
빛을 잃어 나누는
아버지와 나의
슬픈 신앙

행복은

쪽방 할머니
생선 한 마리

밥상에
올려 둔
쓸쓸한 성경

내려앉은
두서없는 기도 소리

나누어진
밥상
어설픈 감사

쪽방은 꿈꾼다
행복한 감사를

그리워서 피는 꽃

사랑의 눈을 감고 걸어왔습니다
매마른 사랑 밭에 진귀한 꽃씨 하나가 바람에 실려 왔습니다
비도 내리지 않는 척박한 땅에 뜻을 부여한 씨앗이었기에 몰
랐습니다

마음의 밭에 인생을 내려놓고 그 속에 심어지길 원했습니다
간간히 비가 내려 움트기 시작했고 가지고 싶었던 값비싼 장
난감을 얻은 아이처럼
최고의 행복인 양 기뻤고 그 기쁨 영원할 것이라 생각했습니다

아무 걱정도 없이 즐거움에 젖어 온 동네를 행복에 겨운 발걸
음으로 다녔습니다
너무 행복했나 봅니다
하늘에선 비가 멈췄고 내 행복에 대지는 메말라갔습니다
그리워하면 피울 수 있는 꽃이라 생각했건만 너무 진귀한 꽃
이었기에
피우기 힘들다는 것을 몰랐습니다
어느 계절에 피는 꽃인지도 색인지도 몰랐습니다

내 가슴에서 움텄던 새싹은 시들어 갔고 어느 날부터인가

잊혀갔기에

　보이지 않는 길의 그리운 꽃이 되었습니다
　사랑의 인생 터에 뿌려진 꽃이라 내 영원한 씨앗입니다

　그리워하면 그리워할수록 아름답게 피는 꽃
　간직하면 간직할수록 진귀해지는
　내 인생 여정 속 영원한 사랑으로 불리어질 꽃
　같이 먼길 간 후 소중한 만남이었다고 말할 수 있는
　그리움이 묻어난 간절한 기다림 속 사랑이었다고

엄마의 눈물

엄마의 눈물은 눈으로 흘리는 눈물이 아니라
척박한 샘에서 스며 나오는 고된 샘물이었고
삶이 선사해 준 흔들리는 육체에서 고스란히
품어져 나오는 소리 없는 고통의 소리였습니다

엄마의 눈물은 이저리 불어 대는 바람과 같은 아버지께서
무심결에 주신 견딤의 표현 메마른 대지 깊숙이 흐르는
용천수 되어 자식에게 젖 먹이는 고향이셨습니다
기다려 주지 않는 사람들의 앉으려 하는 다리 썩은 의자였고
나에게 주신 인생의 눈물은 멀리서 바라보시는 이방인의
아픔이셨습니다

스스로 가꾸지 않는 소박한 키 작은 나무
아침이면 태양이 떠올라 눈을 뜨게 했고
밤이 들어 이부자리에 누우실 때면 고난의 벽을 바라보며
조용히 눈 감고 흐르는 눈물을 산 지 오래된 손수건에
말 없이 실리어 가는 흔하디 흔한 눈물이었습니다

그립습니다
나를 향해 두고 간 영상 속에서 찾고자 하는 엄마의 눈물

잊혀지지 않는 눈 깊숙이 숨기어 흘러나오는 눈물샘에 남겨진
엄마 사랑의 눈물이 그립습니다

이번 봄엔 백목련 꽃이 울어

시절의 멍에로 더딘 내 목련
하늘에서 울어 하얀 속치마 적시며
내 기다림의 사랑가에 넌지시 피울 때

전설의 메마른 땅에서 이제야 꽃이 되고저
울어야 피는 당신 눈물 꽃
긴긴 사랑의 젖가슴 열어 주어
캄캄한 내 눈에 아침을 몰고 오실 님이길 원했네

그대 갑자기 얼었던 눈동자 안에서
설움의 내 외로움은 비추어졌고
나의 간절함과 어우러진 당신 소망이길 소망했다네

어느 봄날 사랑의 아픈 나무 되어 적시는 눈망울은
현실의 슬픔 되어 눈물로 내리고
뜻 없이 흐르는 듯한 한강 물끄러미 바라보며
투둑 머리에 떨어지는 두어 개 빗방울에
그대 향한 내 사랑은 목련꽃으로 피어
그대 등에 기대 마주 볼 날만 기다립니다

삶의 겨울 시렸던 가슴 그대 숨결 피어올라

이 깊은 밤 그리움이 몸부림 됩니다

하늘과 바람과 시인

드높은 하늘은
바람 부르고
바람은 시의 손이 된다

난 은혜의 길로 가고

생의 강물은 흘러
삶 속으로 흐른다

바람은 하늘 대신해
너의 노래라 한다

시를 쓰는 것

길을 걸었다. 외로웠다. 외로움은 나에게 시에 대한 그리움을 품게 했다.

나는 오랜 세월 술을 마시고 거리를 방황했다. 그럴 때마다 매번 내면의 심연 속에서 '난 무엇을 남겨야 하지?'라는 숙제와 마주쳤다. 다행히도 당시 나를 아끼는 분들의 도움으로 연남동 카프감나무집에서 생활하게 되었고, 그곳에서 비로소 깊은 기도를 하게 되었다.

"나의 삶을 구원하소서. 빈손으로 가야 하는 인생길에서 한 편의 시라도 들고 가게 하소서."

그리고 시를 썼다. 시간이 흘러가는 것도 잊었다. 시를 쓸 때마다 자유로운 행복과 안도감을 느꼈다. 나로 인하여 봄이 탄생하고, 겨울에 눈이 온다는 착각에 즐거웠다. 그러고는 다시 회개의 기도를 하곤 했다. 술에 의존했던 생활이 시의 기쁨으로 채워졌고. 인생의 진정성을 한 줄기나마 찾은 것 같았다. 카프감나무집에서 나의 시간들은 점점 충만해졌다.

시를 쓰면서 노경실 작가님을 만나게 되었다. 시인의 길에

입문하는 나로서는 귀중한 인연이다. 그리고 책을 만드는 과정에서 큰 도움을 주신 소미미디어 출판사의 유재옥 대표님과 파피루스 윤성희 대표님의 만남도 감사할 뿐이다. 카프 감나무집의 이천근 원장님과 선생님들, 동료들까지 모두 하늘에서 보내 주신 천사들처럼 여겨진다.

책을 만드는 과정에서 다시 한번 나를 보았다. 시는 과거의 나를 채찍질했고, 현실을 보듬어 주었으며, 내일의 언덕 위에서 손짓하고 있었다.

시를 쓰는 것은 나를 만들어가는 것이며, 내 인생의 그릇에 알곡을 채우는 것이라 믿는다.

2022년 초겨울, 연남동에서

문철승

용서의 꽃을 전하는 시인

『기쁨이 슬픔을 안고』이 한 권의 시집으로 스스로 '못난이 문철승'이라던 한 사람이 '시인 문철승'이 되었다. 그는 쓰지 않으면 숨을 쉬기도 힘든, 시에 대한 열망으로 글 작업을 했다. 그렇다 하여 그의 시가 투사처럼 강하거나 호령하는 외침이 아니다. 그의 시는 수줍음 가득한 어린아이 볼처럼 소박하고 순수하다.

그는 이 시집을 통해 용서를 빌고 있다. 특히 자신을 아끼고 참아준 사람들에게 눈물을 보이고 있다. 그리고 아직도 자신을 바라보고 기다려 주는 사람들에게 말하고 있다.

'이제 깨끗하게 세수를 하고, 새 옷으로 갈아입고 갈게요.'

170여 편이 되는 작품 속에서 99편을 실었다. 잘 생기고, 멋져서 뽑은 것이 아니다. 그의 슬픔과 회한, 기쁨과 소망이 꾸밈없이 드러난 99편을 고른 것이다. 이제 그는 어머니도, 누님도, 친구도 더 빨리 만날 수 있을 것이다.

나는 문철승 시인과 함께 작업을 하는 동안 시에 대한 편견과 오해를 수정하는 행운을 얻었다. 그리고 이 책이 나오

기까지 '사람을 재지 않고, 조건을 달지 않으며' 마치 한 영혼을, 한 인생을 세우고 돌보아 주는 심정으로 모든 지원을 아끼지 않은 소미미디어 출판사 유재옥 대표님에게 진심으로 감사 인사를 전한다.

2022년 12월 성탄절을 저만치 앞에 두고

노경실 작가

기쁨이 슬픔을 안고

2022년 12월 19일 1판 1쇄 인쇄
2022년 12월 26일 1판 1쇄 발행

지 은 이 문철승
발 행 인 유재옥
본 부 장 조병권
편집1팀 김준균 김혜연 박소연
편집2팀 정영길 조찬희 박치우 정지원
편집3팀 오준영 이해빈
라 이 츠 김정미 맹미영 이승희 이윤서
디 지 털 박상섭 김지연 유영준
발 행 처 (주)소미미디어
등 록 제 2015-000008호
주 소 서울 마포구 토정로 222 403호(신수동, 한국출판콘텐츠센터)
판 매 (주)소미미디어
제 작 처 코리아피앤피
영 업 박종욱
마 케 팅 한민지 최원석 최정연
물 류 허석용 백철기
전 화 편집부 (070)4164-3962, 3963, 기획실 (02)567-3388
         판매 및 마케팅 (070)4165-6688, Fax (02)322-7665

ISBN 979-11-384-3507-9 03810

—

"나의 삶을 구원하소서.
빈손으로 가야 하는
인생길에서
한 편의 시라도
들고 가게 하소서."

길을 걸었다.
외로웠다.

외로움은 나에게
시에 대한 그리움을
품게 했다.

시는
과거의 나를 채찍질했고,
현실을 보듬어 주었으며,
내일의 언덕 위에서
손짓하고 있었다.

ISBN 979-11-384-3507-9 03810